A perfeita toquiota

June Fujiwara

A perfeita toquiota

June Fujiwara

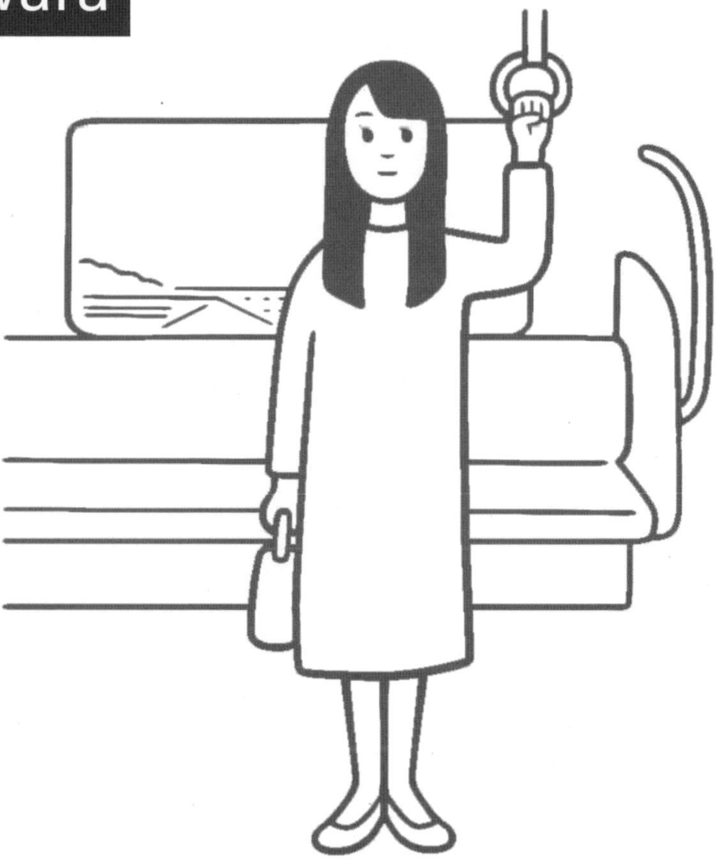

TORDSILHAS

A perfeita toquiota

Tordesilhas é um selo da Alaúde Editora Ltda, empresa do Grupo Editorial Alta Books (Starlin Alta Editora e Consultoria LTDA).

ISBN: 978-65-5568-232-8.

Impresso no Brasil – 1ª Edição, 2025 – Edição revisada conforme o Acordo Ortográfico da Língua Portuguesa de 2009.

Dados Internacionais de Catalogação na Publicação (CIP)
(BENITEZ Catalogação Ass. Editorial, MS, Brasil)

F971p
1.ed. Fujiwara, June
A perfeita toquiota / June Fujiwara ; tradução Leandro Cavalcante – 1.ed. – Rio de Janeiro : Tordesilhas, 2025.
160 p.; 16 x 23 cm.

Título original: La parfaite tokyoïte
ISBN 978-65-5568-232-8

1. Ficção japonesa. I. Cavalcante, Leandro. II. Título.

10-2024/269 CDD 895.636

Índice para catálogo sistemático:
1. Ficção : Literatura japonesa 895.636
Aline Graziele Benitez – Bibliotecária – CRB-1/3129

Produção Editorial: Grupo Editorial Alta Books
Diretor Editorial: Anderson Vieira
Vendas Governamentais: Cristiane Mutüs
Gerência Comercial: Claudio Lima

Coordenadora Editorial: Mariana Portugal
Tradução: Leandro Cavalcante
Copidesque: Ana Clara Mattoso
Revisão: Rafael Souza
Diagramação: Joyce Matos

ALTA BOOKS
GRUPO EDITORIAL

Rua Viúva Cláudio, 291 – Bairro Industrial do Jacaré
CEP: 20.970-031 – Rio de Janeiro (RJ)
Tels.: (21) 3278-8069 / 3278-8419
www.altabooks.com.br – altabooks@altabooks.com.br
Ouvidoria: ouvidoria@altabooks.com.br

Editora **afiliada à:**
abdr
ASSOCIADO CBL

Para Mari, de quem sinto saudades
sempre que retorno a Tóquio,
ou seja, muitas vezes.

SUMÁRIO

O PONTO ZERO

Capítulo 1

Aqui, tudo chama atenção. As portas dos táxis se abrem automaticamente. O chão é tão limpo que chega a brilhar. Os letreiros publicitários em neon se sobrepõem desordenadamente. As máquinas automáticas oferecem bebidas geladas ou sopas quentes a qualquer hora. Tudo parece desafiar os hábitos, os reflexos e o senso comum. Ir contra a lei da gravidade e a noção de tempo. Estamos no mesmo planeta, e ainda assim. Estamos em outro lugar. Estamos em Tóquio.

Toda vez que desembarco do avião – geralmente no final do dia – para respirar o ar tão esperado de Tóquio, ainda sou um pouco, ou, muito, parisiense. Incapaz de permanecer em um quarto de hotel, saio para passear, sem nem mesmo desfazer minha mala, não importa o bairro em que eu esteja. Gosto de caminhar sem um objetivo definido, flanar ao sabor do acaso. Ainda que eu esteja morrendo de vontade de me enfiar debaixo do edredom aconchegante do hotel para embarcar num sono reparador, sempre me permito alguns minutos desse ritual.

Cada detalhe me encanta. Os pedestres que respeitam cerimoniosamente o sinal vermelho mesmo quando não há carro à vista. A elegante mulher que suga barulhentamente seu macarrão, sozinha, no balcão da loja de *ramen*. O trabalhador, com uma mochila presa na barriga, que cambaleia na rua. O garoto com cabelo descolorido e maquiagem gótica comendo um picolé. Não consigo deixar de observar meus compatriotas. É grande a tentação de desvendar seus mistérios. O que estão fazendo? Por que aqui? Por que agora? Tento capturar o seu olhar e desvendar o que escondem por trás do rosto plácido.

Sou tragada pelo primeiro *konbini* (loja de conveniência) que aparece em meu caminho. Cresci com essas *convenience stores* abertas vinte e quatro horas por dia. Encontramos nelas absolutamente tudo de que precisamos, dia e noite. Meias supermacias, miniventiladores portáteis, meias-calças que nunca rasgam, adaptadores, revistas de celebridades. Meus lanches favoritos estão lá: *dango mochi* (doce tradicional de farinha de arroz) cobertos com *anko* (pasta doce de feijão-vermelho), macarrão instantâneo sabor *curry*, *surume* (tiras de lula seca) para beliscar com uma cerveja gelada. Sou uma fã absoluta das refeições quentes disponíveis no serviço de buffet ao lado do caixa: *nikuman* (pãezinhos recheados com carne), *karaage* (frango frito) ou *oden* (cozido japonês).

Minha alegria de reencontrá-los em Tóquio é tão intensa que não consigo deixar de caminhar de um lado para o outro pelos corredores, de me agachar para examinar cada prateleira. Fico maravilhada com as novidades cada vez mais numerosas; tiro fotos delas. Compro os produtos de necessidade básica – uma escova de dentes antibacteriana de cerdas ultrafinas, pasta de dente líquida com efeito branqueador e chiclete dental com xilitol – que não coloquei na minha mala, pois sei que posso encontrar tudo isso ao chegar aqui, em Tóquio. Dou de cara com uma espuma de limpeza da minha infância que "deixa a pele tão transparente quanto um floco de neve" e esvazio a prateleira.

No caixa, um funcionário passa cerimoniosamente cada produto no leitor. Ele é estrangeiro, talvez do Sudeste Asiático. Em outras cidades, como Paris, Nova York ou Londres, isso seria algo absolutamente banal. Quando eu morava em Tóquio, há vinte anos, era inimaginável encontrar funcionários não japoneses em um *konbini*. O Japão é uma ilha fechada à imigração. Menos de 2% da força de trabalho é composta por imigrantes e foi somente a partir da última década que esse número aumentou, ainda que timidamente. Com falta de mão de obra e forçadas pela necessidade, os *konbinis* começaram a contratar estudantes estrangeiros, que receberam permissão para trabalhar até vinte e oito horas por semana. O funcionário à minha frente é extremamente cortês. Se tem 20 anos, é muito. Ele me inspira simpatia, com sua eficiência impecável e seus gestos respeitosos. Seu japonês é impecável. Tento encontrar uma brecha para iniciar uma conversa. Tenho vontade de dizer que sinto uma simpatia por ele, que o acho corajoso. Tento fisgar seu olhar, mas em vão.

De repente, me dou conta de que ele é mais "toquiota" do que eu. Percebo, principalmente, que eu ainda estou presa na minha carapaça parisiense. Se, em Paris, olhar alguém nos olhos para estabelecer um contato é mais do que normal, em Tóquio, não. Aqui evitamos encarar as pessoas. Fugimos do olhar. Os habitantes de Tóquio têm a reputação de serem "frios" na visão dos provincianos, ou mesmo "incompreensíveis" na visão dos estrangeiros. Para os primeiros, isso seria um sinal de indiferença, para os últimos, um ato de desprezo. Obviamente, nada disso é verdade. Esse olhar fugidio é um sinal de respeito, uma etiqueta social cultivada pelos habitantes da cidade por mais de quatro séculos, muito antes da expressão contemporânea "distanciamento social".

Tokugawa Ieyasu, o senhor que unificou o país após décadas de guerras regionais, chegou ao poder em 1603, quando recebeu o título de *xogum* (comandante-chefe das forças armadas, o de fato líder político do país). Ele escolheu instalar sua capital em Edo (antigo nome de Tóquio), longe de Kyoto (a capital histórica e local de residência do imperador). Edo experienciou um rápido processo de desenvolvimento: no século XVIII, Edo já abrigava mais de um milhão de habitantes, sendo uma das cidades mais populosas do mundo.

O *xogum* obrigava os *daimyos* (senhores regionais) a residirem na nova capital em anos alternados, e, sobretudo, a deixarem ali suas esposas e seus herdeiros quando voltavam para seus feudos, como garantia de retorno. Esse sistema de *sankinkōtai* (residência alternada) fez com que trabalhadores do país viessem atender às necessidades dos *daimyos* e daqueles que os acompanhavam – e entretê-los também, uma vez que a época de guerra tinha passado e eles estavam entediados. Edo se tornou imediatamente uma cidade "cosmopolita", onde se misturavam pessoas de diversas origens, culturas e castas. Os *edokko* (como os habitantes de Tóquio eram chamados antigamente) aprenderam rapidamente a não se intrometerem em assuntos alheios.

Esse traço ainda faz parte dos habitantes de Tóquio: cada um cuida do próprio nariz. A curiosidade é velada, a intimidade do outro é respeitada. Acima de tudo, não se impõe a própria intimidade a ninguém. É a atitude "*super dry*" – uma expressão imortalizada pela cerveja japonesa Asahi. Com seu sabor seco e refrescante, ela se autoproclama, com orgulho: "a bebida ideal para acompanhar todos os tipos de pratos". O comportamento "*super dry*" permite aos habitantes de Tóquio coexistirem em harmonia com "todo tipo de gente" desde a criação da cidade de Edo.

Deixo o *kobini* para trás. Tóquio é uma cidade que só revela sua verdadeira face quando a noite cai. As ruas ganham vida e são inundadas por neons multicoloridos. Algumas pessoas solitárias com o passo apressado cruzam com um grupo de jovens de sobretudos longos e máscaras negras. À medida que meus olhos se acostumam com a luz por vezes ofuscante da Tóquio noturna, meu olhar se esvazia. Não busco mais olhar fixamente o vovô do rock vestido de couro sintético rosa. Não encaro mais os trabalhadores amontoados em um pequeno espaço para fumantes instalado no meio da rua. Não busco mais entender as coisas, coloco meu senso crítico no "modo avião".

A toquiota em mim desperta. Reconheço o cheiro dos *yakitoris* (espetinhos de frango) grelhados no carvão. Diferencio entre os sons da cidade algumas notas familiares: a faixa de pedestres que anuncia a mudança de sinal para as pessoas com deficiência visual. Do alto de seus saltos, meninas correm em fila para atravessar a rua a tempo. Reencontro a alegre bagunça dos postes elétricos. Essa visão, que antes eu achava tão feia, agora me comove.

Finalmente, volto ao hotel para tomar um banho quente e dar o primeiro gole na Asahi Super Dry. Seu slogan guarda um segredo: a Super Dry não se adapta apenas a todos os tipos de pratos, mas também a todos os tipos de estados de espírito. Ela tem o poder de neutralizar o paladar. É o sabor do ponto zero, onde tudo pode acontecer, um espaço vazio que oferece possibilidades infinitas. Geralmente, bastam alguns goles para me reinicializar da cabeça aos pés.

Assim começa minha estadia em Tóquio.

BANHO DE MULTIDÃO

Capítulo 2

Na minha primeira manhã, eu me entrego a um banho de multidão. Parto em direção à estação de trem mais próxima, priorizando o horário de pico. Minha estação preferida para isso é a de Shinjuku, um dos maiores pontos de cruzamento da megalópole, onde convergem onze linhas de trem e metrô. A Tóquio intramuros (delimitada pelos limites das vinte e três regiões especiais da cidade) se estende por uma área de 622 quilômetros quadrados e abriga 9,7 milhões de habitantes – a fins de comparação, Paris intramuros, por exemplo, ocupa 105 quilômetros quadrados e abriga 2,2 milhões de habitantes. Além desses toquiotas, ainda há aqueles que vivem em outras partes da prefeitura de Tóquio, assim como aqueles que vivem nas prefeituras vizinhas. De acordo com os cálculos da prefeitura de Tóquio, quase quatro milhões de pessoas fazem trajetos diários de ida e volta. A estação de Shinjuku é um dos lugares onde toda essa gente se cruza, do amanhecer até a noite.

Eu nunca tinha frequentado essa estação até o momento em que meus pais decidiram, há cerca de dez anos, se mudar para a prefeitura vizinha de Yamanashi. Mudar para o campo – muitos habitantes de Tóquio sonham com isso, mesmo assim, nunca realizam. Meus pais, por sua vez, deram esse passo, num impulso, como costumam fazer de vez em quando. Fiquei extremamente contrariada com essa decisão, que me obrigava a fazer uma viagem de duas horas para visitá-los. Para uma toquiota, isso é tempo demais, sem falar que eu tinha que passar pela estação de Shinjuku.

– Você só precisa pegar a Saída Sudeste e ir para a plataforma da linha Chūo Express em direção a Kōfu! – minha mãe me repete ao telefone, como se fosse simples.

A estação de Shinjuku tem trinta e seis plataformas e duzentas saídas, com nomes tão inusitados como "Saída Sul", "Saída Sudeste", "Nova Saída Sul", "Saída do Terraço Sul", "Saída Leste" ou ainda "Saída Central Leste". Pobre de quem escolhe a saída errada; a pessoa pode vagar muito até finalmente encontrar a plataforma desejada e então perceber que seu trem já partiu. De tanto fazer esse trajeto para a casa dos meus pais, memorizei o melhor caminho para pegar o trem (e é a Saída Sul que devemos escolher, não a Saída Sudeste – obrigada, mãe). Nunca me desvio dele, com medo de que acabe sendo engolida por uma parte da estação.

Mas é nesse buraco negro que me lanço, logo cedo de manhã. A multidão de Tóquio não é desagradável. Longe disso. Ninguém se empurra. Ninguém impõe seu odor corporal aos outros. É diferente, muito diferente do metrô parisiense. Na França, enfrentamos a multidão por necessidade ou por interesse; no Japão, convivemos com ela. A multidão de Tóquio me faz pensar nos cardumes. Sem que ninguém dite para onde ou quando ir, há um movimento conjunto, em perfeita harmonia. Não há constrangimento nem submissão. Não há disciplina nem repetição. Porém, todos nós realizamos em conjunto uma coreografia digna de um corpo de balé. É lindo de se ver. A multidão de Tóquio não é uma massa de indivíduos apenas esperando pela liberação para existir. Ela tem uma existência própria.

Como se virar nessa multidão? Respeitando, para começar, o ritmo dela. Os toquiotas se deslocam rapidamente. Com mais de 80 anos, meu pai anda tão rápido que ainda hoje tenho que correr com meus passinhos miúdos atrás dele para não ficar para trás. Com pressa ou não, ele sempre andou assim. Assim como ele, os moradores de Tóquio não andam se arrastando e formam juntos um fluxo, que deve ser seguido sem quebrar seu ritmo ou atrapalhá-lo. Esse fluxo toquiota nunca cessa. Nas raras vezes em que foi interrompido (como no grande terremoto de 1923 ou durante os intensos ataques aéreos da Segunda Guerra Mundial), ele logo retomou o movimento.

Se cada cidade tem a própria lógica, a de Tóquio é indiscutivelmente a do fluxo. Ele é a essência desta cidade. Respeite-o e será respeitado como um toquiota. Atrapalhe-o e você será imediatamente reconhecido como o provinciano que se aventurou além da fronteira dos vinte e três distritos. Pare-o e será identificado como "o diferente" que veio perturbar a ordem das coisas.

No início, a parisiense que me tornei avança com um passo hesitante. Sinto um pouco de dificuldade em me deixar levar, fico me agarrando à minha individualidade. O desejo de impor meu ritmo começa a surgir. A vontade de parar e tirar uma foto no meio da multidão passa pela minha cabeça. A tentação de desafiar o fluxo é sedutora. Por pouco, não esbarro em uma senhora idosa. Evitando-a por um triz, piso no pé de um homem. Quando chego à escada rolante, lembro de que, aqui, as pessoas ficam paradas à esquerda, não à direita. Não sei mais onde pousar os pés, ando como posso, sem a menor ideia de onde estou. Tenho medo de ser tragada por essa torrente.

Então, impulsionado pela necessidade e pelo instinto, meu corpo começa a se acostumar. Ele entra no ritmo, se adapta à melodia e segue o fluxo. Depois de alguns minutos, me surpreendo flutuando ao sabor das ondas. É exatamente nesse instante que suspiro aliviada. Estou de volta a Tóquio. Volto a fazer parte da minha cidade natal.

Nem sempre senti essa satisfação. Quando morava em Tóquio, especialmente na adolescência, eu detestava essa multidão. Ela despertava em mim uma sensação de desconforto. Ou melhor, o conforto dessa multidão me incomodava. Sentia-me como se estivesse flutuando em uma banheira morna, insípida demais para o meu gosto. A adolescente rebelde que eu era naquela época precisava se afastar da candura de Tóquio e fugir da multidão. Hoje, de volta à minha cidade, não tenho mais a impaciência dos meus 20 anos. Encontro-me novamente na multidão que eu queria tanto evitar, e ela só me causa prazer. Seu conforto, sua suavidade, sua indiferença... Tudo o que me incomodava, agora me acalma e me consola.

Nunca perco a oportunidade de passar pelo *Scramble Crossing*, que fica em frente à estação de Shibuya, na saída Hachikō. Dizem que é o cruzamento mais movimentado do mundo: trezentas mil pessoas o atravessam todos os dias. Também é o cruzamento que mais utilizei durante a minha infância, porque Shibuya era o meu playground. O cruzamento possui cinco faixas de pedestres, uma delas na diagonal. Assim que o sinal fica verde, os pedestres cruzam livremente em todas as direções. Por quarenta e cinco segundos, assistimos a um balé peculiar que, à primeira vista, parece caótico. Certamente, não é. Respiro fundo, me jogo nele e me movo conforme as ondas.

Aqui, mais uma vez, a lógica predomina sobre o fluxo.

JINGLES DAS ESTAÇÕES

Capítulo 3

Oitenta e cinco linhas de trem, metrô e monotrilho cortam a Grande Tóquio com uma pontualidade lendária e uma limpeza imaculada que tornou sua fama conhecida para além das fronteiras do país. Elas são como vasos sanguíneos que fornecem oxigênio aos órgãos vitais da cidade.

Aqui, a vida simplesmente é inconcebível sem essas malhas. Os habitantes de Tóquio costumam ser muito apegados à "sua" linha, que os viu crescer ou que os acompanha diariamente. Eles a utilizam dia e noite, faça chuva ou faça sol, em todas as estações do ano. Mais do que um meio de transporte, é um lugar que faz parte da sua rotina. Uma espécie de extensão da vida deles.

Quanto a mim, sou filha da linha Tōkyu. Os trens me embalaram desde bem novinha. Após retornarmos de uma estadia de três anos na Inglaterra, meus pais optaram por nos matricular, minha irmã e eu, em uma escola internacional, para "não esquecermos a língua inglesa". Eu tinha 6 anos. Essa escola, cuidadosamente selecionada pela qualidade de seu ensino, tinha apenas um defeito: ficava na prefeitura vizinha de Yokohama, longe da nossa casa. Na companhia da minha irmã mais velha, eu precisava pegar o trem todas as manhãs às 7 horas para fazer a viagem de uma hora e meia, passando pela linha Tōkyu Ōimachi, a linha Tōkyu Tōyoko e pegando um ônibus para finalmente chegarmos à escola. No Japão, não é raro ver crianças muito pequenas viajando assim, de trem e desacompanhadas. Não há absolutamente nenhum perigo nisso.

Mesmo reclamando frequentemente de ter que acordar muito cedo todas as manhãs, eu não detestava as viagens. Ao lado da minha irmã, acabei descobrindo os melhores lugares para viajar tranquilamente. Na linha Tōkyu Ōimachi, minha irmã e eu nos instalávamos na frente do trem, logo atrás do maquinista com seu adorável boné; o lugar mais cobiçado pelas crianças que sonham em conduzir um belo trem metálico prateado. Dali, podíamos contemplar nosso bairro passando diante de nós sob a luz da manhã. A cada cruzamento, o maquinista soltava uma frase em voz alta. A cada sinalização, ele fazia um gesto respeitoso para uma pessoa qualquer. Com o tempo, observando-o, acabei decorando suas palavras e seus gestos, que comecei a reproduzir ao mesmo tempo que ele.

Assim que chegávamos à estação de Jiyūgaoka, corríamos para a plataforma da linha Tōkyu Tōyoko, que ligava a estação de Shibuya à de Yokohama. Entrávamos no trem lotado pela primeira porta do terceiro vagão e nos espremíamos para ficar na frente de um homem de meia-idade que lia o *Yomiuri Shinbun*, um jornal que ele abria completamente. Sentado invariavelmente no mesmo lugar, ele usava um terno preto impecável, óculos quadrados e cabelos negros engomados. Não importava a estação do ano, ele nunca usava casaco, fato que muito intrigava minha irmã.

Instaladas diante dele, nos entregávamos ao nosso passatempo favorito: tentar adivinhar, em inglês, para que ele não entendesse, o que fazia da vida. Para mim, não havia dúvidas de que era um espião, afinal, ele folheava o jornal a uma velocidade tão rápida que era impossível que o estivesse realmente lendo. Ele se parecia com Roger Moore em um *James Bond*.

— Isso é suspeito, muito suspeito! — eu dizia à minha irmã mais velha.

— Você não sabe de nada! — respondia, sempre querendo ter a última palavra. Para ela, ele era contador, assim como nosso pai.

A única coisa que sabíamos sobre ele era que descia antes de nós, na estação de Hiyoshi, nos deixando assim o seu lugar. Como ele deixava o seu jornal bem aberto, os passageiros à esquerda e à direita se sentavam com um pouco de distância. Com isso, ao sair, ele deixava espaço suficiente para que duas crianças pudessem se sentar. Podíamos continuar assim nossas conversas, nossos jogos de adivinhação e às vezes nossas brigas, confortavelmente sentadas no banco macio da linha Tōyoko. Este trem nos serviu como sala de estar, espaço de recreação e uma espécie de refúgio protetor durante os quatro anos em que estudamos na escola internacional.

Ainda me lembro do dia em que, logo antes de mudar de escola, o misterioso James Bond dirigiu-se a mim pela primeira vez. O trem freou bruscamente e eu quase caí em cima dele. Depois que eu murmurei um pedido de desculpas, ele respondeu em um inglês impecável:

— *Absolutely no problem! Are you alright?*

Ao longo desses anos, ele havia entendido as nossas conversas. Eu corei até as orelhas e depois disso nunca mais ousei ficar na sua frente no trem. Hoje, sou infinitamente grata a ele por sua gentileza discreta. Até suspeito que ele abria os jornais daquele jeito de propósito, apenas para deixar espaço suficiente para minha irmã e para mim. Quando estávamos em frente a ele, nos sentíamos seguras. Ele acabou por se tornar, aos nossos olhos de crianças, quase um membro da família.

Ainda hoje, é quando eu pego as linhas Tōkyu que me sinto uma toquiota de verdade. Sinto-me tão aliviada quanto uma criança que encontra seu brinquedo perdido. Sinto como se estivesse sendo recebida em casa de braços abertos, sem nenhum julgamento, assim como quando eu pegava o último trem da linha Tōkyu Tōyoko na estação de Shibuya, quase cambaleando depois de uma noite de bebedeira. Assim que me acomodava na suavidade monótona do trem, a tensão me abandonava. Eu podia fechar os olhos, embalada pelo som e pelo cheiro tão familiares da cabine. Como muitos dos meus compatriotas, eu às vezes acabava cochilando, e então, de repente, despertava na estação de Jiyūgaoka, como se um despertador interno estivesse programado.

Durante minha estadia em Tóquio, utilizo várias linhas de trem e metrô para me locomover. Minha filha também adora os trens da cidade. Ela até se orgulha de ter o próprio cartão Pasmo, o passe que funciona para as oitenta e cinco linhas de trem, metrô e monotrilho combinadas. Nós viajamos juntas pela rede e ouvimos os *jingles* em cada parada, tentando memorizá-los.

Eles são transmitidos nas plataformas das estações e anunciam o fechamento iminente das portas do trem. Dentro da Tóquio intramuros, você os ouve na maioria das linhas de metrô, assim como na linha JR Yamanote, a famosa linha em forma de círculo que conecta os principais centros urbanos de Tóquio. Meu favorito é o da estação de Takadanobaba, extraído da famosa música do desenho animado *cult Tetsuwan Atomu* (*Astro Boy*). Ele foi escolhido em homenagem ao seu criador, Tezuka Osamu, cuja produtora ficava localizada no bairro. O da estação de Ebisu também é interessante: é a música de *O Terceiro Homem*, filme britânico de 1949 cuja trilha sonora foi usada em um comercial da cerveja Yebisu: uma cerveja *made in Tokyo* cuja fábrica, na época, ficava perto da estação de Ebisu.

Os *jingles* das estações nunca despertaram meu interesse, até que minha filha me fez notá-los. No entanto, são melodias que ouço desde a minha mais tenra infância. São muito mais familiares para mim do que o hino nacional, e, apesar disso, nunca havia prestado atenção neles. É só hoje que percebo o quanto fazem parte do meu inconsciente. Os das estações JR de Shibuya e Meguro, que frequentei tanto no passado, impregnaram cada célula da minha identidade.

Hoje, ouço-os novamente. Desta vez, em plena consciência. Sinto a mesma sensação de tranquilidade que quando encontro as linhas Tōkyu. Minha infância retorna. A vida é sem dúvida circular, como a linha JR Yamanote. Mesmo distantes, sempre voltamos ao ponto de partida. Achando que mudamos, redescobrimos a criança que fomos. A minha ainda adora se deixar embalar pelo trem de Tóquio que percorre a cidade, dia e noite.

DESCENDO AO SUBSOLO

Capítulo 4

Ao pegar o metrô de Tóquio, ficamos admirados com o tempo que se gasta caminhando no subsolo, especialmente quando se vem de Paris, onde qualquer raio de sol é um bem precioso. De uma plataforma à outra, do guichê à saída, é possível caminhar facilmente por cerca de quinze minutos, longe da luz do dia, nos meandros do subsolo. No começo nos sentimos enclausurados. Estamos tão ansiosos para chegar ao nosso destino que a jornada rapidamente se torna irritante. Dizemos a nós mesmos que não viemos a Tóquio para nos enterrarmos assim. Nós nos perguntamos como os toquiotas conseguem caminhar tão estoicamente, dia e noite, por esse labirinto enterrado nas profundezas da terra.

É realmente um mundo à parte, cheio de surpresas. A cada vez que retorno ao lar, mergulho com prazer nos *chika-gai*, ou *eki-chika* – os corredores subterrâneos transformados em galerias comerciais. Aqui, muitos comerciantes trabalham para atender às necessidades dos usuários dos transportes toquiotas, que estão sempre querendo obter o melhor serviço possível em tempo recorde, a meio caminho entre suas residências e seus locais de trabalho. Basta descer para encontrar, ao alcance das mãos, *konbini*, chaveiros, bancos, livrarias, correios, dentistas, lojas de conserto de *smartphones* e até cabeleireiros. Sob a cidade pulsa uma outra cidade. Os turistas nesta cidade subterrânea são raros e nela não se demoram. É uma pena – eles estão perdendo o coração de Tóquio.

Os *chika-gai* surgiram na década de 1950. O de Shibuya, carinhosamente chamado de "Shibu-chika" há mais de sessenta anos, fica logo abaixo da famosa *Scramble Crossing*. Sua origem remonta a um mercado clandestino que se estabeleceu ao redor da estação após o término da Segunda Guerra Mundial. Naquela época, Tóquio era uma arena de ruínas. Mercados improvisados foram se estabelecendo gradualmente ao redor das principais estações da cidade, como Ueno, Shinjuku ou Shibuya. Esses mercados supriam as necessidades vitais da população, que estava desprovida de tudo.

À medida que o país se recupera, esses mercados, que atrapalham o desenvolvimento urbano, tornam-se o pesadelo das autoridades. Enquanto a maioria deles foi forçada, na época, a encerrar suas atividades, outros conseguiram encontrar um lugar na futura megacidade negociando com as autoridades locais e os promotores imobiliários. Este foi o caso do mercado de Shibuya, onde um punhado de comerciantes conseguiu se unir, negociando sua mudança para o subsolo. Assim, em 1957, é criado o Shibu-chika, com cerca de cinquenta comerciantes distribuídos em uma área de aproximadamente 500 metros quadrados. A média de espaço designada para cada comerciante era de 7 metros quadrados, o que equivale à média de espaço de uma barraca no mercado.

Na adolescência, eu adorava, mais que qualquer coisa, explorar o Shibu-chika para evitar a multidão do cruzamento movimentado acima da minha cabeça. Eu fazia parte dos "locais" que sabiam se esgueirar pelo Shibuya subterrâneo. Pairava ali uma atmosfera de mercado árabe, com suas placas minúsculas, e lojas administradas por comerciantes que pareciam ter saído direto de um filme em preto e branco de Yasujirō Ozu. Havia uma tabacaria que parecia prestes a desabar a qualquer momento. Uma loja de trajes de flamenco extravagantes. Uma *boutique* onde cada centímetro quadrado estava preenchido por uma variedade incrível de lingeries femininas. Um estabelecimento especializado em acessórios de fantasia para animais de estimação. Uma loja de perucas, administrada por uma senhora que todo dia exibia um visual diferente.

Ela nunca deixava de me chamar, me abordava como se fôssemos amigas de infância. Sempre me chamava de "beleza" e às vezes até "beleza rara". Eu retribuía com um sorriso caloroso, até o dia em que finalmente entendi que ela chamava assim todas as mulheres que passavam por ela. Nunca comprei nada naquele mercado, mas adorava vagar sem rumo por ali. Naquela rua congelada no tempo, esquecida pelo mundo terrestre, eu podia diminuir o ritmo e deixar minha imaginação correr solta. Ficava tentando adivinhar a vida daqueles antigos comerciantes que nunca saíam de suas lojas; quem sabe eles não dormiam lá mesmo.

O bairro ao redor da estação de Shibuya está passando por um plano de reurbanização, como acontece a cada cem anos em Tóquio. Desde 2010, muitos arranha-céus têm brotado ali. Eles são conectados para melhorar o fluxo de passageiros – sempre o fluxo. As obras continuarão até 2027. É empolgante, mas também desconcertante.

— Agora me sinto desorientada ali — disse-me uma amiga que mora a poucos passos da estação, em um desses novos e reluzentes arranha-céus. Ao observar de longe essa transformação vertiginosa, eu frequentemente pensava no meu Shibu-chika. Eu esperava que esse lugar único escapasse ao progresso acelerado da vizinhança, embora sem muita convicção.

O Shibu-chika sobreviveu. Cerca de vinte pequenos comerciantes ainda mantêm suas lojas. Mesmo que não se encontre mais ali aquela atmosfera antiquada tão peculiar, seu charme permanece intacto. O espírito da autenticidade, que foi durante muito tempo sua marca registrada, com uma mistura de estabelecimentos heterogêneos, ainda está presente. Reconheço vários dos "anciões" que decidiram ficar, como a loja de trajes de dança e a famosa loja de perucas. Tenho a impressão de que a senhora das perucas ressurgirá, do mesmo jeito de sempre, tentando me vender uma de suas perucas improváveis. Agora, a antiga tabacaria também vende café. Não muito longe dali um sósia de Takeshi Kitano vende buquês de flores. A força daqueles que se reergueram imediatamente no pós-guerra para montar mercados de rua ainda está presente, intacta. Esta é a Tóquio que eu amo, a que se adapta e se reinventa em vez de remoer o passado.

O novo Shibu-chika está agora conectado ao "*Tōkyu Food Show*". Essas imensas praças de alimentação escondidas no subsolo de grandes lojas de departamento e estações de trem representam a minha mais plena felicidade. Reina ali uma atmosfera de parque de diversões. Os comerciantes tentam chamar minha atenção e me oferecem uma degustação a cada passo. Tenho vontade de experimentar tudo, mas me contenho, e começo inspecionando as barracas de comidas salgadas. Sou atraída por estandes de *tsukemono* (vegetais em conserva) de todas as cores, de sushis preparados no local por mestres em demonstração ou até mesmo *gyoza* (raviólis japoneses) frescos e irresistivelmente crocantes. Ao fim, chego aos corredores das barracas de doces, onde descubro, ao mesmo tempo, as melhores sobremesas tradicionais japonesas e maravilhas dos quatro cantos do mundo.

O Yae-chika, localizado sob a estação de Tóquio, é outro *eki-chika* que aprecio. É um passeio por si só, com suas cento e oitenta lojas distribuídas em 15.600 metros quadrados. Salões de manicure coexistem com vendedores de camisas. A rua principal é cercada por múltiplos corredores. Os mapas do local estão pendurados nas paredes, mas eu não preciso deles porque sempre venho aqui na hora do almoço. Basta seguir os cheiros. Ao meio-dia, a agitação está no auge. Em Tóquio se almoça cedo, e as filas de espera já estão formadas em frente aos restaurantes. Nesse mercado encontram-se amontoados restaurantes italianos, lojas de *tonkatsu*, balcões de sushi e restaurantes de tempurá. Quatro dos melhores restaurantes de *curry* japonês se reuniram para formar um "*Tokyo Curry Quartet*". Uma rua inteira é dedicada às barracas de *ramen*.

Grupos de viajantes se misturam com pessoas de terno e gravata. Aqui, ninguém faz reserva para restaurantes – eles são escolhidos ao acaso, de acordo com a vontade que você tem no dia. Almoça-se rapidamente, pois é preciso pegar um trem ou concluir um trabalho. Escolho um *ramen*, compro meu bilhete e me sento no último lugar no balcão. Fico entre dois *salarymen* (homem assalariado) que sugam ruidosamente suas tigelas de macarrão. Meu vizinho à esquerda tomou o cuidado de pendurar uma toalha em volta do pescoço para se proteger de respingos. O da direita, suando, tem os óculos completamente embaçados: isso não o impede de continuar sugando o macarrão. Eles se deleitam.

GAROTA DO ELEVADOR

Capítulo 5

Ao sair do subsolo da estação de Tóquio, dou de cara com um prédio de quarenta e cinco andares, com 240 metros de altura. Sua fachada prateada brilha no céu. É o Yaesu Midtown, inaugurado em março de 2023. Na última vez em que estive aqui, o edifício não existia. Paro por um momento para contemplar as nuvens que passam lentamente sobre sua superfície. Em Tóquio, arranha-céus brotam do chão todo ano, cada vez mais altos e mais impressionantes. A falta de espaço faz com que a selva urbana continue a se expandir, tanto em profundidade quanto em altura.

Os últimos andares, do trigésimo nono ao quadragésimo quinto, são ocupados por um hotel de luxo. As empresas estão instaladas do sétimo ao trigésimo oitavo. Tenho um encontro marcado com minha irmã mais velha, que trabalha em algum lugar lá dentro, em um dos "andares de luxo". Esses são os andares mais altos, a partir do vigésimo quinto. Ela se transferiu para lá recentemente e está ansiosa para me mostrar a vista do seu escritório. O que mais me interessa nos arranha-céus são os elevadores. Extremamente rápidos, eles dão a sensação de voar em direção ao céu. No saguão, eu me esgueiro entre turistas que carregam suas malas. Ali, as lojas se assemelham a galerias de arte contemporânea. Eu procuro o elevador que me levará ao andar onde minha irmã trabalha.

Cresci nesses imóveis de aço. Passava meus fins de semana nos telhados de grandes edifícios comerciais. Meu dentista ficava no trigésimo andar de um complexo comercial e minha professora de piano lecionava em sua casa, no vigésimo quinto andar. Eu frequentava aulas de francês no vigésimo terceiro andar do Ark Hills. Ser toquiota é saber navegar sem restrições em um labirinto de concreto, tanto vertical quanto horizontalmente. Para não se perder, alguns reflexos devem ser adotados. Os elevadores são domados, as escadas rolantes são dominadas. Respiro fundo para reencontrar os meus e acabo recuperando meu senso de direção. Para acessar os andares de luxo, é preciso primeiro ir ao Sky Lobby, no vigésimo quarto andar.

Entro em um dos elevadores ultra velozes. É uma maravilha. Vejo meu reflexo nas paredes prateadas. Nenhum sinal de mancha ou arranhão. O chão brilha. Há apenas três botões, *touchless*; é um dos elevadores de última geração da era pós covid-19, com ele posso chegar ao meu destino sem tocar em nada. Meu elevador desliza em direção ao céu e sinto aquela boa e velha sensação surgir dentro de mim. Estar sozinha em um elevador, ao abrigo do frenesi da cidade. Sentir-se desconectada do mundo, mas protegida em um casulo metálico. Partir deixando o peso para trás. Durante alguns segundos, desafio a gravidade. Nem na terra, nem no céu – estou em outro lugar.

Salto no Sky Lobby, todo envidraçado. O nome lhe cai bem. É um *hall* enorme, cinza, vazio. Sua vista é vertiginosa. É preciso trocar de elevador aqui. Minha irmã me enviou um *QR code* que me permite passar pelas catracas. É ele que ativa um dos elevadores cujo objetivo é subir ainda mais alto em direção ao céu. Neste caso, devo pegar o elevador C, conforme indicado. Faço como instruído. O sistema é inteligente, ele sabe para onde me levar. Não é necessário apertar em coisa alguma. Quando as portas se abrem novamente, me deparo com um robô. Ele acabou de fazer uma entrega de refeições naquele andar e está prestes a descer novamente. Outro deles está polindo o chão ao lado. No *open space*, os funcionários estão alinhados em frente aos seus computadores, cada um no próprio escritório, enquadrado por painéis. Somente o clique dos teclados interrompe levemente o silêncio que reina aqui.

Minha irmã me explica que o Yae-chika, sob a estação de Tóquio, está interligado ao prédio para facilitar a vida dos usuários. Ela considera a ideia genial; sendo alérgica a pólen, ela precisa limitar suas saídas na chegada da primavera, como muitos outros toquiotas. No verão, ela foge do sol a todo custo; o calor, combinado com a umidade, pode se mostrar infernal. Sem mencionar a temporada de chuvas em junho e as ondas de frio que invadem Tóquio no inverno. A maioria dos funcionários raramente sai do prédio – salas de conferências, espaços de *coworking*, uma academia, lojas e restaurantes ocupam os andares inferiores. Há até mesmo uma escola primária anexada ao intramuros.

Os funcionários acionam o elevador por reconhecimento facial, o que deixa minha irmã desconfortável. Ela tem medo de perder o elevador designado para ela. O pior é quando vários elevadores são ativados ao mesmo tempo durante o horário de pico. Ela me confessou ter desativado a função de reconhecimento facial, optando pela simples leitura de um crachá para acionar o elevador, "à moda antiga". Eu lembro a ela dos verdadeiros elevadores, os antigos, aqueles que eram operados antigamente por ascensoristas mulheres em grandes lojas.

Quando pequena, desenvolvi uma fascinação por essas belas ascensoristas vestidas com um terno e usando um chapéu que combinava. Em cima de saltos altos, elas passavam o dia apertando botões e gerenciando a abertura e o fechamento das portas. Meticulosamente maquiadas, eram, aos meus olhos, tão belas quanto atrizes de televisão. A voz delas me hipnotizava. Anunciavam o próximo destino, forneciam explicações sobre cada andar e esclareciam se estávamos subindo ou descendo. Robóticas, repetiam incansavelmente as mesmas frases ao longo do dia, com um sorriso estampado no rosto. Faziam uma inclinação corporal de 15 graus, nem mais, nem menos, juntando as mãos para agradecer aos clientes. Eu tentava inutilmente captar o seu olhar. Elas estavam ali sem estar, tão inanimadas quanto o elevador que manuseavam com graça.

Naquela época, eu repeti a quem quisesse ouvir que queria me tornar uma "garota do elevador". Minha irmã, ao ouvir, solta uma risada sincera e me acompanha até o saguão onde se espera os elevadores. Ela precisa ir a uma reunião. Quando pequena, ela queria ser astronauta. Eu ressalto que ela não está tão longe assim de alcançar seu sonho: seu trabalho é em uma nave espacial. Só falta o olho vermelho do HAL 9000 na parede para nos sentirmos perdidas no espaço.

Enquanto espero pelo elevador no saguão, um senhor idoso, com a gravata combinando com seus cabelos prateados, se junta a mim. Ele está perdido, quer sair do prédio, mas não sabe como. Explico a ele: primeiro, é preciso descer até o Sky Lobby e depois pegar outro elevador. Isso o deixa ainda mais perplexo. Eu também descerei até o térreo. Talvez possamos ir no mesmo elevador?

Ele parece aliviado, aceita minha proposta com alegria. É a sua primeira vez aqui. Ajudo-o a passar pelas catracas no Sky Lobby com seu *QR code*, que ele teve a disposição de imprimir antecipadamente. Quando nosso elevador chega, seguro a porta para deixá-lo passar. Ele me agradece com uma reverência profunda e se acomoda ao fundo. Ao fecharem as portas, solto sem pensar a frase ouvida com tanta frequência, repetidamente, na boca das ascensoristas da minha infância:

— A porta está prestes a se fechar. Por favor, tenha cuidado.

Meu cliente está encantado, e eu também. Surpreendo-me ao adotar, sem dificuldade, a postura das moças do elevador: reta como um "i", com as duas mãos juntas na frente do corpo.

— Obrigada por escolher este elevador. Agora vamos descer. Próxima parada: térreo. Para ir à estação de Tóquio, por favor, utilize as escadas rolantes para descer ao subsolo.

O elevador desliza em direção ao térreo. Por um momento, compartilho um sorriso cúmplice com meu "cliente". Então, volto a me concentrar; estamos quase chegando ao nosso destino.

O SANTUÁRIO DO BAIRRO

Capítulo 6

No primeiro dia da minha estadia em Tóquio, não importa qual seja o meu cronograma, eu reservo uma hora para visitar um santuário local. Meu momento favorito é o crepúsculo, quando a luz alaranjada envolve o asfalto cinza. Vou ao santuário para anunciar meu retorno. Faço um breve relato dos eventos recentes da minha vida, expresso meus agradecimentos e rezo pela bênção da família.

Para quem? Nunca me fiz essa pergunta. Ao contrário dos templos dedicados ao budismo, os santuários são consagrados às inúmeras divindades do panteão xintoísta, a crença tradicional do Japão. Chamados de *kami* em japonês, esses espíritos divinos são múltiplos; costumam dizer que existem oito milhões no país. Qualquer criação da natureza que nos inspire uma reverência respeitosa supostamente abriga o espírito de um *kami*. Um rochedo imponente, um pinheiro secular, uma montanha majestosa, uma fonte de água... Os seres humanos também, na forma de ancestrais, podem se tornar *kami*. Além deles, há os espíritos provenientes da mitologia japonesa, os tirados de crenças populares, cada um possuindo os próprios atributos, que vão desde a saúde até a prosperidade, passando pela felicidade conjugal.

São pelo menos dez mil santuários espalhados pelo arquipélago, sendo dois mil apenas em Tóquio. Eu adoro os pequenos santuários de bairro que podem ser descobertos durante um passeio qualquer. Andando pelo bairro de Nihonbashi, me deparo com um desses. Ele está espremido entre prédios comerciais e grandes lojas de luxo que se erguem ao longo da avenida principal. Um *torii* (portal) vermelho carmesim – o sinal distintivo de um santuário *shinto* (religião nativa do Japão) — fisga minha atenção. Este é grande, majestoso, mas aos pés dos edifícios colossais me parece minúsculo. Uma senhora carregada com sacolas de compras me precede, entrando com passos lentos. Ela se detém por um momento diante do *torii* para fazer uma reverência. Faço o mesmo e entro no domínio sagrado dos *kami*.

O nome deste santuário é um pouco pomposo: Fukutoku (Felicidade e Prosperidade). Paro diante de uma bacia para lavar as mãos. É o *chōzuya* que nos permite nos purificar antes de saudar os deuses. Mergulho as mãos na água gelada que flui da boca de um *ryu*, o animal mítico que vigia o mar e as águas. Seu olhar me atravessa. Agora estou purificada e pronta.

Sou atraída por um pequeno caminho ladeado de camélias e imediatamente transportada a um oásis verdejante onde os carvalhos japoneses estão misturados com cerejeiras e bordos. Estou na Floresta Fukutoku. O pequeno bosque se abre para uma praça onde um grupo de senhoras sentadas em um banco degusta *mochis*. Jovens com roupas de vendedores se instalaram em outro banco para desestressar. Reina por aqui uma atmosfera tranquila que me dá vontade de me reunir a essas pessoas com uma xícara de chá verde na mão. Parece uma cidade do interior.

Estamos no meio da semana e, mesmo assim, uma fila se formou diante do altar sagrado. Ali me dou conta de que ele é dedicado, entre outros deuses, ao deus Inari, uma das divindades mais populares no Japão, reconhecível pelas estátuas de raposas posicionadas à sua frente. Elas são as mensageiras dessa divindade protetora dos campos de arroz e da colheita, hoje considerada a deusa do comércio e da prosperidade. Ao ler uma placa, descubro que a história do santuário remonta ao século IX, muito antes da era Edo, quando o bairro era, de fato, apenas uma pequena cidade do interior perdida no meio de uma região então chamada de Musashi. O altar atual data de 2014, pois o santuário se deteriorou com o tempo e tornou-se objeto de múltiplas reconstruções ao longo de sua história. Como sempre acontece em Tóquio, a história não é visível a olho nu. Ela se revela de maneira muito inesperada, apenas às almas sensíveis.

Quando chega a minha vez, toco os sinos, faço uma reverência dupla e bato palmas duas vezes, como devemos fazer, para chamar a atenção dos deuses. Pela primeira vez, fico incomodada por me dirigir a tantas divindades. O lado esquerdo do meu cérebro, a minha parte cartesiana, tenta encontrar uma lógica nisso. No entanto, sei perfeitamente que ela não existe. Minha mente está vazia, não sei pelo que rezar. Atrás de mim, as pessoas já estão impacientes. Acabo murmurando um agradecimento sem convicção. Envio minhas saudações. Afasto-me rapidamente do altar, sem parar na lojinha onde uma pequena multidão se formou para comprar amuletos da sorte.

Vejo parada à minha frente a senhora que tinha me precedido na entrada do santuário. Em uma prateleira dedicada a isto, acabara de pendurar uma *ema* (pequena placa de madeira) na qual colocou um pedido e está prestes a sair. Ela vai embora com as mãos vazias, esquecendo as sacolas de compras no chão. Eu as pego e corro atrás dela, que explode em risos ao perceber sua distração. Seu riso soa como um sino. Com meias brancas e chinelos japoneses, ela me lembra minha tia-avó, a que saía várias vezes ao dia para fazer compras no bairro. A que colocava na minha mão um amuleto da sorte do santuário do nosso bairro toda vez que eu tinha um evento importante: a maratona das crianças, a prova para entrar no colégio, os espetáculos de dança, o começo na universidade, ou mesmo minha partida para a França...

Acompanho-a ao portal. Ela se vira em direção ao altar e faz uma profunda reverência, assim como fez ao chegar. Sinto-me obrigada a seguir seu exemplo, mas a faço rapidamente, apenas por formalidade. Pelo canto do olho, ela me olha, e então me conta uma história.

Foi em 1614. O segundo xogum Hidetada, filho de Ieyasu Tokugawa, visitava este santuário milenar, cujo nome é este tão augusto: "Felicidade e Prosperidade". Então ele avista, no portal *torii* da época, feito de um tronco de carvalho japonês, um broto de primavera. Impressionado pela força da natureza e pela vontade divina, ele apelida o santuário de "Mebuki Inari" – o santuário do Broto do deus Inari. Desde então, os habitantes o chamam de "santuário Mebuki". Desenhos de brotos estão em todos os amuletos da sorte do santuário. Eles são conhecidos por fazerem brotar as coisas que fazem parte da nossa vida.

A senhora toca o grande *torii* como se o estivesse acariciando. Ela vem rezar por seu filho, que está se preparando para a prova de entrada na universidade. Ele falhou duas vezes, mas não está pronto para desistir; está determinado a entrar na prestigiosa Universidade de Tóquio. Então essa senhora adentra o bairro de Nihonbashi com sandálias ruidosas.

— É só acreditar que brotará! — ela me lança, despedindo-se.

Eu a observo partir e decido refazer meus passos. A metáfora do broto ressoa em mim. Não há mais ninguém diante do altar. Decido fazer minhas saudações novamente. Desta vez, não penso muito. Não me importo mais com formalidades. Toco os sinos, uno as mãos e digo em voz alta o que me vem à mente. Faço de conta de que estou conversando com minha tia-avó e meus avós, que já partiram deste mundo. Explico a eles que estou feliz por voltar ao Japão, de vez em quando. Que fico contente em me reconectar com eles dessa forma. Enquanto falo, abro meu coração.

Eu tenho a sensação, desta vez, de ter sido recebida de braços abertos. Sinto-me reconfortada, sustentada por algo imensamente maior. Grata também. E, acima de tudo, serena. Sinto vontade de comprar um dos amuletos da sorte e mantê-lo comigo, como antes. Feitos de tecido de seda, eles têm um bordado de broto verde-claro – compro para mim e para toda a família. Quando chego ao portal *torii*, volto-me ao espaço sagrado uma última vez.

Ali, faço uma verdadeira reverência, longa e profunda.

NOITE À MARGEM

Capítulo 7

Um dia, em pleno inverno e com um vento glacial, eu, meu marido e minha filha dávamos voltas em um bairro residencial. Tinha nevado levemente na noite anterior. Os transeuntes se apressavam a caminho de casa, fechando seus casacos. Já eram oito horas da noite – tarde para jantar nesta cidade onde os restaurantes ficam lotados a partir das seis. Não tínhamos reservado nada. Estávamos flanando, famintos, na esperança de termos sorte antes que fosse tarde demais.

Foi então que me deparei com um pequeno restaurante em uma ruela escura e pouco movimentada. Sua fachada era no estilo antigo, em madeira. Um *noren* (uma cortina de tecido recortado) escurecido estava pendurado na porta, e, se não fosse por isso, eu teria passado pelo restaurante sem notá-lo. A parte da frente era minúscula, cercada por apartamentos tão novos que brilhavam, "pré-fabricados", que são muito comuns em Tóquio. Entreabri timidamente a porta de correr e constatei que o interior era igualmente minúsculo, com espaço apenas para duas mesas e um balcão. Os assentos no balcão estavam livres. Avistei a simpática cabeça de um vovô cozinheiro, seu rosto enrugado como uma maçã velha. Um irresistível odor de churrasco a carvão me envolveu. Uma *okami* (senhoria) de coluna curvada estava servindo no salão. Nós fomos magicamente capturados.

— Oba! Vamos jantar aqui! — exclamou minha filha, escalando sozinha um dos bancos gastos do balcão.

A vovó, sorridente, com o rosto também enrugado, mas cuidadosamente maquiada, imediatamente nos trouxe *oshibori* (guardanapos úmidos e quentes) e copos d'água. O vovô tentou murmurar palavras de boas-vindas em inglês até se dar conta de que eu era japonesa. Percebendo depois que meu marido era francês, ele começou a cantar "Les Champs-Élysées" a plenos pulmões, sendo gradualmente acompanhado pela minha filha. O concerto improvisado recebeu aplausos de um grupo de idosos sentados atrás de nós. Visivelmente já embriagados, eles acabaram nos oferecendo uma garrafa de saquê (e um copo de *ramune*, refrigerante, para minha filha), desejando-nos as boas-vindas a Tóquio. Brindamos juntos gritando "*Kanpai!*" (Saúde). Assim começou nossa noite neste lugar maravilhoso e encantador.

Os pratos disponíveis estavam rabiscados à mão e afixados à parede, numa das partes em que ainda havia espaço, entre os numerosos pôsteres dos anos 1960 e um calendário do ano corrente com retratos de atores de *kabuki* (teatro tradicional japonês). Um telefone de discagem rosa-pálido, como não se vê mais nas ruas de Tóquio, tinha encontrado seu lugar no final do balcão. Para um vovô que cozinha sozinho, seu cardápio era incrivelmente variado.

— Faço esse trabalho há cinquenta anos! Eu sei o que estou fazendo! — ele me gritava, pedindo que eu traduzisse cada frase para o meu marido.

Ele adorava a França, como muitos japoneses, e nos ofereceu um *ankimo* (fígado de tamboril) com um molho *ponzu* de cair o queixo.

— Melhor que *foie gras*! — ele riu alto, enquanto lidava com três tarefas ao mesmo tempo. Assim, num estalar de dedos, nosso balcão ficou coberto de asas de arraia grelhadas com pimenta *shichimi* (sete especiarias japonesas), ostras empanadas, uma salada de moela de frango, amêijoas salteadas no saquê e até mesmo batatas fritas – que não existiam no menu – para minha filha.

Os pratos eram deliciosos. Estávamos felizes por estar ali, sentados no balcão, no restaurante daqueles vovós. Ouvíamos músicas dos anos 1980 esvaziando taça após taça de saquê barato.

— Este é o melhor jantar que já comi em Tóquio! — exclama meu marido para o proprietário.

Depois de algumas taças, as línguas se soltam e a barreira linguística se rompe milagrosamente. Eu não precisava mais traduzir e só pude concordar enquanto esvaziava minha taça. Essa definitivamente foi a melhor experiência gastronômica que já tivemos em Tóquio.

Desde aquele dia, sempre jantamos em um desses restaurantes minúsculos na primeira noite de nossa estadia em Tóquio. Saímos para passear pela cidade e, onde quer que estejamos, nos deparamos com uma pequena placa antiga. Levantamos o *noren* para dar uma espiada e nunca ficamos desapontados. Se possível, nos sentamos no balcão, e deixamos o dono nos servir suas especialidades. Quanto ao saquê, não importa qual escolhemos: são sempre especialmente bons e acessíveis. Nestes balcões atemporais, sempre acontece alguma coisa. Temos encontros inesperados, brindamos e, acima de tudo, nos divertimos. Saímos de lá felizes, com a cabeça nas nuvens e o coração quente.

Quando estamos com preguiça de procurar, nos dirigimos para os *yokochō*, as ruas estreitas afastadas das grandes artérias da capital. Flanar por ali é uma experiência por si só. Tudo é do tamanho da minha filha. Esbarramos com os ombros em um corredor estreito onde os bares minúsculos competem com as lanchonetes antiquadas. Os balcões começam a encher assim que as luzes de neon se acendem, por volta das 5 horas da tarde. Os guerreiros do dia vão lá para relaxar, deixando suas armas e responsabilidades na entrada. Os seres noturnos, ainda sem maquiagem, vão se alimentar antes de entrar em cena. Acomoda-se como dá, em uma pequena mesa espremida. Às vezes, caixotes servem de cadeiras. O cardápio, afixado à parede, não mudou em um quarto de século, tampouco o dono. Pede-se o que está disponível, uma bebida para refrescar e a conta – pagamento só em dinheiro, por favor.

Eu nunca havia posto os pés nessas *yokochō* na época em que morava em Tóquio. Isso não era considerado muito apropriado para uma jovem, de acordo com meus pais. Ainda hoje, quando conto à minha mãe sobre minhas aventuras em família nos *yokochō*, ela não diz nada, apenas levanta uma sobrancelha. Ela nunca levou as filhas lá e imagino que se pergunte por que estou levando a minha. No entanto, são lugares tranquilos, à margem do frenesi urbano. Portais onde, à beira da cidade, por uma noite, tudo para.

Os melhores *yokochō* de Tóquio estão localizados nos bairros mais povoados próximos às estações de trem, como o Omoide Yokochō em Shinjuku, o Nonbei Yokochō em Shibuya ou o Harmonica Yokochō em Kichijōji. Os de Shinbashi e Yūrakucho, muito conhecidos, estão nos *gādo-shita* – sob as vias férreas. O cheiro de peixe grelhado se mistura com o aroma do caldo de *oden*. As paredes tremem a cada passagem do trem. Já o Ebisu Yokochō se estabeleceu em uma antiga galeria comercial abandonada. Você nunca os adentra por acaso, é preciso procurá-los. Bem-vindo à Tóquio subterrânea.

O BECO DOS GATOS